Ruy Blas

FichesdeLecture.com

Ruy Blas
(Fiche de Lecture)

I. INTRODUCTION

Ruy Blas est une tragédie écrite par Victor Hugo, et représentée pour la première fois en 1838, au Théâtre parisien de la Renaissance. Hugo s'y affirme bien comme le chef de file du mouvement romantique ; sa pièce en effet, bien que de facture assez traditionnelle, s'oppose sur de nombreux points aux codes étriqués et épurés de la tragédie classique.

II. RÉSUMÉ DE LA PIÈCE

Acte I : Don Salluste

(Scène 1) Don Salluste, grand d'Espagne, se trouve dans le palais royal, à Madrid. Il s'avance avec Ruy Blas, qui est son valet. Ce dernier sorti, il s'interroge sur la disgrâce dont il est victime : la Reine vient de l'exiler de la Cour pour avoir eu un enfant illégitime avec une suivante et refuser de l'épouser. Il décide donc de se venger. Il attend un homme qui va l'aider dans sa quête...

(Scène 2) Paraît son cousin, Don César de Bazan, un grand d'Espagne qui n'est plus très présentable après avoir dilapidé sa fortune en amusements divers. Don Salluste lui demande son aide, ce que ce dernier refuse, car il ne veut pas blesser une femme, même contre de l'argent.

(Scène 3) Don Salluste part quand même lui chercher de l'argent. Ruy Blas reconnaît un ancien ami dans la personne de Don César, Zafari. On apprend que le valet aime la Reine en secret et qu'il lui a même écrit secrètement. Don César l'avertit du danger : Don Guritan aime aussi la Reine. Don Salluste, caché, a tout entendu de ces confidences, et il ordonne que Don César soit enlevé pour être vendu à des corsaires, afin de faire passer Ruy Blas pour ce dernier.

(Scène 4) Don Salluste dicte deux lettres à Ruy Blas, qui organisent la machination. Puis il revêt son serviteur de magnifiques habits pour qu'il se transforme en gentilhomme.

(Scène 5) Devant toute la Cour et en présence de la Reine, Don Salluste présente Ruy Blas comme Don César revenu du Pérou, et lui ordonne de devenir l'amant de la Reine.

Acte II : La Reine d'Espagne

(Scène 1) Nous sommes un mois plus tard, dans l'appartement de la Reine. Don Salluste est exilé, mais elle a toujours peur. Don Guritan est présent, ce qui la dérange fortement. Elle s'ennuie profondément et le protocole alourdit son quotidien, loin de son pays natal. Quant au Roi, il est toujours à la chasse. La Reine se sent enfermée et ne sait pas quoi faire.

(Scène 2) La Reine est seule et rêve de ce mystérieux inconnu qui lui dépose des fleurs et un billet. Elle a même un bout de dentelle ensanglanté qui lui appartiendrait...

(Scène 3) Une lettre du Roi lui parvient, mais il ne s'agit que de chasse. Pourtant, l'écriture est similaire au billet de la Reine. Elle se demande alors qui a écrit sous la dictée royale. Or c'est le nouvel écuyer (Ruy Blas, faux Don César) qui a apporté le billet. La Reine remarque aussi sa manchette et commence à comprendre que tout vient de cet écuyer...

(Scène 4) Don Guritan comprend la situation et devient fou de jalousie. Il provoque Ruy Blas en duel. La suivante Casilda part avertir la Reine.

(Scène 5) La Reine paraît et provoque subtilement Don Guritan, en l'envoyant en Allemagne, à Neubourg, porter un cadeau à ses parents. Il doit partir, ce qui sauve Ruy Blas.

Acte III : Ruy Blas

(Scène 1) La montée en puissance rapide de Don César suscite bien des critiques, car il est devenu premier ministre, protégé par la Reine. Les Grands du royaume cachent mal leur jalousie.

(Scène 2) Ruy Blas les surprend alors qu'ils médisent. Il leur reproche d'avoir pillé l'État, cherche à les faire réagir, alors que le peuple souffre. Deux ministres démissionnent.

(Scène 3) Les ministres partent et la Reine survient, qui a tout entendu. Elle admire Ruy Blas et lui confesse son amour. Puis elle lui confie le destin du peuple et du pays.

(Scène 4) Ruy Blas reste extatique.

(Scène 5) Don Salluste est revenu, dissimulé en valet. Il humilie Ruy Blas en lui rappelant sa condition. S'il ne se rend pas à un entretien secret, sa liaison sera publiquement révélée. Ruy Blas comprend alors que Salluste veut se venger de la Reine. Mais il doit se soumettre.

Acte IV : Don César

(Scène 1) Nous sommes le jour suivant, dans la maison secrète de Don Salluste. Ruy Blas cherche une solution pour sauver la Reine du plan de vengeance de Salluste Il envoie son page avertir Don Guritan, pour que ce dernier intervienne et lui dise de ne pas quitter le palais. Ruy Blas s'esquive pour que Salluste trouve la demeure vide pendant une journée.

(Scène 2) Le vrai Don César ressurgit. Il veut se venger de Don Salluste.

(Scène 3) Un valet apporte de l'argent pour Ruy Blas, sous le nom de Don César. Le vrai César l'empoche sans mot dire et fait boire le valet jusqu'à ce qu'il soit ivre, puis le charge de donner une partie de l'argent aux pauvres.

(Scène 4) Paraît une duègne, qui pense parler à Don César/Ruy Blas, alors qu'elle parle en fait au véritable individu. Elle lui demande d'écrire « Venez » sur une lettre pour une belle femme inconnue, ce que Don César accepte, non sans étonnement.

(Scène 5) Don Guritan survient, de retour d'Allemagne et furieux contre Don César, dont il veut se venger. Il ne reconnaît pas le vrai César et ce dernier, par jeu, accepte de le pousser au duel. Ils sortent armés et César remporte le duel.

(Scènes 6 et 7) Don Salluste est étonné de ne pas trouver Ruy Blas, et se retrouve face à Don César. Ce dernier se vante de tout ce qu'il a réussi à faire depuis son retour, et pense qu'il tient sa vengeance en pouvant dénoncer Salluste.

(Scène 8) Don Salluste, pour se protéger, montre à la police l'argent dans les poches de Don César, et le guet l'arrête. Il a réussi à le faire passer pour le voleur Matalobos. Or César ne peut se défendre, puisqu'il porte un manteau dérobé au Comte d'Albe.

Acte V : le tigre et le lion

La nuit suivante, dans la maison secrète.

(Scène 1) Ruy Blas est désespéré, mais il se réjouit d'avoir prévenu la Reine du danger qui la menace…en réalité, ce n'est pas le cas, car il ignore la mort de Don Guritan. Il est prêt à s'empoisonner et pleure cet amour impossible.

(Scène 2) Paraît la Reine, suite au billet reçu signé « César ». Elle ne veut pas partir, car estime que Ruy Blas est en danger.

(Scène 3) Don Salluste vient se venger et tente un dernier chantage : qu'elle parte, ou il annonce à tout Madrid qu'elle a trompé le Roi. Ruy Blas intervient et dit qui il est vraiment, rien de plus qu'un laquais. Salluste insulte la Reine, et Ruy Blas le tue dans une autre pièce, de sa propre épée.

(Scène 4) Ruy Blas revient dans la pièce où se trouve la Reine. Ses pas sont chancelants et il implore le pardon de la femme qu'il aime. Il boit une fiole de poison : la Reine panique et lui avoue son amour, tout en le reconnaissant comme Ruy Blas. Il meurt heureux.

III. PRÉSENTATION DES PERSONNAGES PRINCIPAUX

Ruy Blas

Ruy Blas est le valet de Don Salluste. D'origine humble, orphelin et « né dans le peuple », son personnage possède toutefois toutes les quali-tés pour progresser dans la vie : il est intelligent, instruit, a de l'ambition sans être arriviste, a un goût profond pour la liberté et un don poétique proche du « génie ».

Pourtant, comme c'est le cas d'un autre héros, Hernani, Ruy Blas semble condamné à l'échec. En effet, il ne parvient pas à se relever de sa condition d'origine, qui contraste avec ses idéaux de réussite. La *Préface* évoque d'ailleurs des « marques de la servitude » qui ne se détachent plus de lui.

Une caractéristique importante de Ruy Blas est son amour pour la Reine, malgré leur immense différence de niveau social. C'est de là que découle le célèbre vers « ver de terre amoureux d'une étoile ».

Jamais il n'oublie d'où il vient, même lorsqu'il s'enflamme pour cette femme. En réalité d'ailleurs, l'échec de Ruy Blas va venir de ses propres failles, déchirures intérieures : croire en une vérité et une sincérité politique, s'abaisser face à Salluste, jouer sur une fausse identité en dépit de la sienne propre... Ruy Blas, malgré l'aveu d'amour final, reste coincé dans sa condition sociale. Néanmoins, on note une évolution vers plus d'action tout au long de la pièce, et il finit par tuer Salluste de sa propre épée.

Don César de Bazan

Le véritable Don César est le cousin de Don Salluste et son opposé parfait.

Lui aussi est un Grand d'Espagne, donc un noble, mais il a dissipé toute sa fortune en menant une vie de plaisirs, et est devenu « aventurier », « spadassin », « un peu bohémien », ce que la Préface qualifie de « mélange du poète, du gueux et du prince ».

Dès sa première apparition d'ailleurs, on comprend à son accoutrement qu'il a été déclassé par rapport à son rang. Il apparaît essoufflé, vêtu de vêtements rapiécés, et surtout d'un manteau appartenant en fait au Comte de Garofa.

Mais s'il paraît toujours jouer, s'amuser et être léger, ce qui se voit dans son vocabulaire souvent trivial, Don César est tout de même un homme moral, ce que l'on ne peut pas dire de Salluste. Il n'hésite pas à faire donner de l'argent aux plus pauvres, et lui-même est épicurien, ce qui lui donne une vision de la vie différente des autres protagonistes, mais tout en cherchant à garder son honneur.

Il est le seul à avoir conscience de jouer un rôle, au moins social, alors que les autres ne font qu'usurper des statuts ou des identités.

Don Salluste

Antagoniste de la pièce, Don Salluste de Bazan n'évolue pas : c'est un personnage statique, qui ne recherche qu'à accomplir sa vengeance.

Physiquement, il a tous les attributs du seigneur sombre et du traître de la pièce. Habits noirs, certes, mais brodés d'or... nous savons quel est son rang, très rapidement.

Il méprise les gens de basse condition et le peuple, à l'image de son valet Ruy Blas, qu'il considère comme un moins que rien. Son unique rêve est la puissance, et non l'argent, paradoxalement.

La Reine

Nous apprenons qu'elle vient d'Allemagne. Malgré ses nombreuses différences avec Ruy Blas, elle lui ressemble au moins sur un point : celui de ne pas se sentir à sa place.

Elle se retrouve Reine d'Espagne subitement, sans y avoir été préparée, et s'ennuie profondément, tandis que son mari chasse.

Sa gaieté naturelle est assombrie par le protocole. Peu à peu toutefois, la Reine devient une femme mûre, prête à défendre Ruy Blas tout en demandant le pardon pour Salluste.

IV. PERSPECTIVES ANALYTIQUES

Empreinte du Romantisme

Le Romantisme, tel qu'il est défendu notamment depuis *Hernani*, repose beaucoup sur le mélange des genres, la confrontation entre le trivial et le sublime, les contradictions internes à l'écriture et aux personnages.

Ainsi, si nous retrouvons bien des thèmes traditionnels (amour et admiration, honneur, vengeance, vieillard amoureux, picaros...), Victor Hugo a privilégié la marque du romantisme. L'amour est entravé par une société étouffante, un monde aux règles sociables intangibles et sans pitié.

Dans cette perspective, chaque personnage existe pour ce qu'il représente, non pour ce qu'il est vraiment en tant que tel : Ruy Blas est peuple et génie, Salluste richesse et perversion, César héros picaresque et comique...

Tout fonctionne donc sur le mélange des genres et les contrastes : comédie et tragédie se côtoient en permanence et permettent au drame de surgir. Salluste l'incarnerait, tandis que César serait la comédie est Ruy Blas le personnage tragique. Mais c'est leur confrontation qui donne son identité à l'œuvre, et non ses protagonistes considérés séparément.

L'Histoire

Dans les décors, dans la description des tenues, des titres et des fonctions de chacun, Victor Hugo a pris grand soin, comme dans Hernani, d'insérer la grande Histoire dans l'histoire de la pièce, comme pour mieux assurer sa vraisemblance.

C'est ce que l'on appelle la recherche de la « couleur locale », afin de nous représenter au mieux la cour du Roi d'Espagne.

Pour cela, Hugo a recours à des éléments proches de l'opéra ou des fresques historiques et artistiques : des scènes de cour inspirées de tableaux, de riches décors...

L'amour et fatalité

Il est présent à tous les niveaux de la pièce, sous des déclinaisons très différentes :
- Don Salluste et ses « amourettes »
- le caractère comique de César et de ses amours parfois un peu tristes
- la préciosité de Guritan, qui est d'un autre âge
- le véritable et pur amour de Ruy Blas envers la Reine.

Mais quelle que soit sa forme, l'amour semble voué à la destruction du héros romantique, ce qui l'entoure de fatalité. D'ailleurs, les champs lexicaux soulignent régulièrement la proximité entre amour et folie.

Le héros romantique est, de plus, enfermé dans une fatalité à la foi sociale et amoureuse qui fait que l'on sait presque d'avance qu'il ne pourra pas triompher totalement. Ainsi, s'il meurt heureux, Ruy Blas n'en décède pas moins en tant que valet au pied de la Reine...

Dans la même collection en numérique

Les Misérables
Le messager d'Athènes
Candide
L'Etranger
Rhinocéros
Antigone
Le père Goriot
La Peste
Balzac et la petite tailleuse chinoise
Le Roi Arthur
L'Avare
Pierre et Jean
L'Homme qui a séduit le soleil
Alcools
L'Affaire Caïus
La gloire de mon père
L'Ordinatueur
Le médecin malgré lui
La rivière à l'envers - Tomek
Le Journal d'Anne Frank
Le monde perdu
Le royaume de Kensuké
Un Sac De Billes
Baby-sitter blues
Le fantôme de maître Guillemin
Trois contes
Kamo, l'agence Babel
Le Garçon en pyjama rayé
Les Contemplations

Escadrille 80

Inconnu à cette adresse

La controverse de Valladolid

Les Vilains petits canards

Une partie de campagne

Cahier d'un retour au pays natal

Dora Bruder

L'Enfant et la rivière

Moderato Cantabile

Alice au pays des merveilles

Le faucon déniché

Une vie

Chronique des Indiens Guayaki

Je voudrais que quelqu'un m'attende quelque part

La nuit de Valognes

Œdipe

Disparition Programmée

Education européenne

L'auberge rouge

L'Illiade

Le voyage de Monsieur Perrichon

Lucrèce Borgia

Paul et Virginie

Ursule Mirouët

Discours sur les fondements de l'inégalité

L'adversaire

La petite Fadette

La prochaine fois

Le blé en herbe

Le Mystère de la Chambre Jaune

Les Hauts des Hurlevent

Les perses

Mondo et autres histoires

Vingt mille lieues sous les mers

99 francs

Arria Marcella

Chante Luna

Emile, ou de l'éducation

Histoires extraordinaires

L'homme invisible

La bibliothécaire

La cicatrice

La croix des pauvres

La fille du capitaine

Le Crime de l'Orient-Express

Le Faucon malté

Le hussard sur le toit

Le Livre dont vous êtes la victime

Les cinq écus de Bretagne

No pasarán, le jeu

Quand j'avais cinq ans je m'ai tué

Si tu veux être mon amie

Tristan et Iseult

Une bouteille dans la mer de Gaza

Cent ans de solitude

Contes à l'envers

Contes et nouvelles en vers

Dalva

Jean de Florette

L'homme qui voulait être heureux

L'île mystérieuse

La Dame aux camélias

La petite sirène

La planète des singes

La Religieuse

1984 A l'Ouest rien de nouveau

Aliocha

Andromaque

Au bonheur des dames

Bel ami

Bérénice

Caligula

Cannibale

Carmen

Chronique d'une mort annoncée

Contes des frères Grimm

Cyrano de Bergerac

Des souris et des hommes

Deux ans de vacances

Dom Juan

Electre

En attendant Godot

Enfance

Eugénie Grandet

Fahrenheit 451

Fin de partie

Frankenstein

Gargantua

Germinal

Hamlet

Horace

Huis Clos

Jacques le fataliste

Jane Eyre

Knock

L'homme qui rit

La Bête humaine

La Cantatrice Chauve

La chartreuse de Parme

La cousine Bette

La Curée

La Farce de Maitre Pathelin

La ferme des animaux

La guerre de Troie n'aura pas lieu

La leçon

La Machine Infernale

La métamorphose

La mort du roi Tsongor

La nuit des temps

La nuit du renard

La Parure

La peau de chagrin

La Petite Fille de Monsieur Linh

La Photo qui tue

La Plage d'Ostende

La princesse de Clèves

La promesse de l'aube

La Vénus d'Ille

La vie devant soi

L'alchimiste

L'Amant

L'Ami retrouvé

L'appel de la forêt

L'assassin habite au 21

L'assommoir

L'attentat

L'attrape-coeurs

Le Bal

Le Barbier de Séville

Le Bourgeois Gentilhomme

Le Capitaine Fracasse

Le chat noir

Le chien des Baskerville

Le Cid

Le Colonel Chabert

Le Comte de Monte-Cristo

Le dernier jour d'un condamné

Le diable au corps

Le Grand Meaulnes

Le Grand Troupeau

Le Horla

Le jeu de l'amour et du hasard

Le Joueur d'échecs

Le Lion

Le liseur

Le malade imaginaire

Le Mariage de Figaro

Le meilleur des mondes

Le Monde comme il va

Le Parfum

Le Passeur

Le Petit Prince

Le pianiste

Le Prince

Le Roman de la momie

Le Roman de Renart

Le Rouge et le Noir

Le Soleil des Scortas

Le Tartuffe

Le vieux qui lisait des romans d'amour

L'Ecole des Femmes

L'Ecume Des Jours

Les Bonnes

Les Caprices de Marianne

Les cerfs-volants de Kaboul

Les contes de la Bécasse

Les dix petits nègres

Les femmes savantes

Les fourberies de Scapin

Les Justes

Les Lettres Persanes

Les liaisons dangereuses

Les Métamorphoses

Les Mouches

Les Trois mousquetaires

L'étrange cas du Dr Jekyll et de Mr Hyde

L'Ile Au Trésor

L'île des esclaves

L'illusion comique

L'Ingénu

L'Odyssée

L'Ombre du vent

Lorenzaccio

Madame Bovary

Manon Lescaut

Micromégas

Mon ami Frédéric

Mon bel oranger

Nana

Ne tirez pas sur l'oiseau moqueur

Notre-Dame de Paris

Oliver twist

On ne badine pas avec l'amour

Oscar et la dame rose

Pantagruel

Le Misanthrope

Perceval ou le conte du Graal

Phèdre

Ravage

Roméo et Juliette

Ruy Blas

Sa Majesté des Mouches

Si c'est un homme

Stupeur et tremblements

Supplément au voyage de Bougainville

Tanguy

Thérèse Desqueyroux

Thérèse Raquin

Ubu Roi

Un Barrage contre le Pacifique

Un long dimanche de fiançailles

Un secret

Vendredi ou la vie sauvage

Vipère au poing

Voyage au bout de la nuit

Voyage au centre de la terre

Yvain ou le Chevalier au lion

Zadig

À propos de la collection

La série FichesdeLecture.com offre des contenus éducatifs aux étudiants et aux professeurs tels que : des résumés, des analyses littéraires, des questionnaires et des commentaires sur la littérature moderne et classique. Nos documents sont prévus comme des compléments à la lecture des oeuvres originales et aide les étudiants à comprendre la littérature.

Fondé en 2001, notre site FichesdeLectures.com s'est développé très rapidement et propose désormais plus de 2500 documents directement téléchargeables en ligne, devenant ainsi le premier site d'analyses littéraires en ligne de langue française.

FichesdeLecture est partenaire du Ministère de l'Education du Luxembourg depuis 2009.

Plus d'informations sur www.fichesdelecture.com

Notes :